L’Ange de la Porte

Françoise
Richard-Mongereau

L'Ange de la Porte

Recueil

LE LYS BLEU
ÉDITIONS

ISBN : 979-10-377-9676-9

Vous serez l'Ange de la Porte et le silence autour de mon cœur.

Rainer Maria Rilke,
Lettres à une amie vénitienne, 29 août 1908

L’érable japonais

L’érable, ton ami,
Fidèle et coloré,
Joyeusement sourit
Quand la pluie est passée.
Il caresse le sol
D’une branche attendrie
Quand tu passes,
D’un salut très profond
Du Japon.
Doré, vert tendre ou rouge,
Il est un doux message
Pour qui sait écouter.
Et tu sais bien l’entendre,
C’est toi qui l’as planté.

L’Ange de la Porte

Il y aura toujours un chemin
Pour attendre mes pas,
Le crissement des graviers
Sous le poids des années.

Toujours aussi l’ardente silhouette
Pour précéder mes jours,
Les aurores pâlies,
Les automnes d’amour.

La silhouette bleue
Accoste les vivants,
Tout tremblants,
Et on la nomme Dieu.

Toujours au silence du cœur,
Ta présence essentielle
Contre la folle peur,
Aux portes du grand Ciel.

Café viennois

À Stefan Zweig

Pas à Vienne, Autriche.
Mais Nevers-en-France,
Et le café est bon.

L'air est resté très doux.
Après les cauchemars,
Me revoici en paix
À la terrasse calme.
C'est lundi.
La place se réveille
Et mon cœur avec elle,
Lui qui a trop souffert.
Repos et douceur
Sous le ciel clair
Et les nuages aventureux
D'un automne joyeux.

Ni Café Central,
Ni Café Landtmann,
La terrasse ronronne
Au soleil retrouvé.

Douze alexandrins pour une absence

Tant que je n'aurai pas tout le bleu de tes yeux,
Tant que je n'entendrai la chaleur de ta voix,
Tant que le soir d'automne sera de nostalgie,
Et que, pour te parler, je n'aurai qu'un clavier,

La vie ne sera pas complètement la vie,
Elle jouera aux dés chaque matin mon âme.
Sur la voie d'un destin que je n'ai pas choisi,
Elle détournera ma détresse de femme.

Elle s'en servira pour justifier mon sort ;
Plus personne à aimer, le sablier vidé.
Ton geste sera bien d'enfin le retourner
Pour bâtir l'avenir au-delà de ma mort.

Villa Médicis

À Vincent

En contrebas, les fleurs,
Coquelicots ardents,
Lui font la révérence.
Tout Rome est à ses pieds.
La Villa Médicis,
Parmi de hauts joyaux,
Nous attend, très discrète.

Nous avions tant confié
À sa prestance un peu guindée
De vieille demoiselle,
Cachée derrière les buis
Et les pins centenaires !

Nous avons tant chanté,
Écrit, peint, composé !
D'ici j'entends encore
L'*Impromptu* de Schubert
S'échapper dans le soir rose,
Rebondir sur les toits dorés,
Les dômes, les clochers…

Le vieux palais s'était ouvert
À la délicatesse infinie
Du Mystère.

Appel

Je dissous dans les larmes
L'encre bleue du stylo.
Et puis, je pars écrire
Pour d'autres galaxies.
La nôtre est un poison
De mensonge et d'envie.

Laisse les mots danser
Sur les lignes complices,
Celles qui nous unissent
Et celles qui rapprochent.

Apprends donc cette joie
Qui tient dans mon sourire,
Si tu décides enfin
De t'approcher de moi.

L'Aurige

Beauté antique,
Je t'ai rêvée.

Force vive
Des siècles épargnée,
Profil de l'Âge d'Or,
Aurige aux nobles parentèles,
Éphèbe grec des palestres d'Auguste,
Tu n'auras pas connu
Le feu des Thermopyles.

Un jour meilleur t'attend,
Ta liberté rachetée chèrement
Te vaudra le bonheur.
Jette-toi sur le cœur
De ton maître et seigneur !

Fille de joie

Je serai toujours où tu n'es pas.
Je regarderai toujours passer
Les gens, les femmes précisément
Qui me frôlent de leurs yeux troublants.

Sur la terrasse ensoleillée
D'un Café de la Gare,
Elle sera seule,
Elle me regardera,
Elle m'appellera d'un signe,
Sans connaître mon nom.

Je répondrai. J'ai hâte
De ses mains sur moi,
De sa joie.

Minuit

À l'heure de Minuit,
Je veux dire la joie
Rassurante et profonde
D'être en vie et d'écrire.

La lune est en son plein ;
Elle a son doux sourire
Si je parle de fin.
Et reviennent les Anges.

À l'heure de Minuit
Quand Octobre est si doux,
Les étoiles scintillent,
On en tombe à genoux.

C'est l'heure de Minuit
Qui berce les chagrins,
Dont il ne reste rien.
Anges du Paradis,
Restez jusqu'à demain !

Vie

Tout m'est égal à présent. L'Iénisseï
Ecume, et l'étoile polaire brille.
La lueur bleue de ses yeux bien-aimés,
L'effroi dernier l'obscurcit.

Anna Akhmatova,
Je parle à la mort, 1939

Mon devoir de poète
Est de me taire encore.
Je m'en vais en rêvant
Parler avec la mort.

Je la sais qui attend
Et je la sais qui mord.
En paix je m'en reviens
Dans le silence. Elle dort.

Mon devoir tout premier
Est de porter la vie,
De sourire et chanter
Malgré la maladie.

C'est un devoir bien doux
De trouver un ami, un amour,
De la joie infinie
Qui nous attend toujours.

Vie que j'ai tant reçue,
Et aimée, et couvée,
Elle reprend, la lutte
Pour l'éternité !

Les heures longues

Le ciel pianote sur le toit
Contre les vitres, contre la nuit.
Son instrument, la pluie,
Ne sait pas jouer de moi.

Alors, elle joue de mon cœur,
Sa mandoline, bonheur-malheur.
La sérénade est tendre,
Je vais m'y faire prendre.

Avec l'ennui sans joie,
Quand le cœur est en croix,
Les heures longues du soir
Sont celles de mémoire.

Vois, l'étoile Vesper, là-bas…

Lecture

Je lirai sans relâche
Jusqu'au point où les yeux
Se ferment en brûlant.
Je préfère ce feu
Aux glaces de l'absence.

Pas d'âge pour aimer,
Pas d'heure pour souffrir.
Et il m'attend toujours,
Le plus doux des martyres
De l'enfer sans toi.

Je veux lire,
Lire encore,
Être ailleurs,
Être une autre,
Mais pas la soie docile
Qu'on lacère et qu'on jette,
Me déchirer les yeux
Plutôt que l'âme en peine.

Le livre est un secours,
Des amis le plus sûr.
Crier en écrivant
Et s'enfuir en lisant.
Voilà mon seul chemin
Entre hier et demain.

Chesterfield

À Michèle +

Quand les défunts, parfois,
Se font plus lourds que les vivants,
On ne veut pas quitter le temps,
On ne veut pas tourner la page
De l'an nouveau, des années sans leurs voix,
Des nuits, des jours perdus
À pleurer seule sans foi ni loi.

Tu détestais ce tournant de l'année,
Tu détestais les fêtes, les repas de famille.
Je t'ai bien ressemblé.
As-tu trouvé là-haut un petit coin tranquille,
Un autre Chesterfield, un champagne éternel,
Le livre merveilleux que tu n'as pas écrit ?
Si c'est oui, dis-le-moi,
J'irai te voir, promis.

Mais tu n'as pas fermé ton livre
En partant. Est-ce pour moi ?
Ton absence est plus lourde
Que nos morts réunis…

Poésie

Me voici reine en mon royaume.
Foin de l'hiver et du froid !
La neige au-dehors tournoie,
Et danse à la fenêtre
De la maison de bois.

La lumière est précieuse,
Et le feu chantonnant
Garde les rires d'enfants
Et les fées enjôleuses.

Car la maison de bois,
Où je suis à l'abri,
A pour nom Poésie.

Patience

Elle m'attendrait là,
Éclairée par son livre.
Elle serait patiente
Comme le ciel d'hiver
Qui n'a rien à prouver.

Elle aurait gardé
Son port de reine absente,
Sa grâce intemporelle
Et sa fierté.

Elle m'a tout donné,
Depuis les déchirures
Jusqu'à l'abandon.

Alors, elle attendrait
Que je revienne enfin,
La robe d'intérieur
Entrouverte à dessein…

Liberté

I should'nt have live in vain.
Emily Dickinson

Si ma plume
Veut bien tenir
Jusqu'à ce soir,
Si mon stylo
Veut bien porter vers toi
Cette ineffable joie
Que mon vieux cœur distille,
Je n'aurai pas vécu en vain
La solitude et puis l'exil.

J'ai retrouvé ma foi d'enfant
Avant les faussetés,
Avant les vrais chagrins,
Quand on pleure « au secours ! »
Et que le ciel trahit.

Ma plume a raconté
Bien d'autres naufrages
Et d'autres esclavages.
Ce soir, c'est bal.
Ce soir, elle danse
Plus qu'elle n'écrit,
Libre et toute réjouie…

Appia Antica

Ciel bleu et violet,
Ciel de tous les mystères,
Ciel caressant les dalles
De la Voie Appienne,

Nuages au couchant,
Nuages de ma route,
Séduisez les grands pins,
Protégez-les des hommes.
Ils saluent dans le soir,
Les fantômes de Rome.

Heure bleue tant aimée !
Tu viens à moi qui pleure
Et qui ne trouve plus
Qu'un cœur déçu.
Heure bleue, tu m'inspires,
Loin du soleil assassin
Qui conspire.

Ô route de la mer,
Ô flots couleur de vin !
Le port d'Ostie attend,
Au terme du chemin,
D'où Virgile partit,
Où Ulysse revint.

La main

À Jeannine +

Doux est le souvenir
De ta peau sur ma joue.
Doux est l'amour
Qui donne tout.

Aucune main au monde,
Aucune main violente
Ne pourra effacer
Ce mystère de joie
Qui est en moi.

Éternellement jeune,
Ange et mère mêlés,
Ta main est sur mes jours
Un soyeux baiser.

Doux en est le souvenir,
À faire grandir.
Plus sûre en est la route
À ton écoute.

Vieux papiers

Voici longtemps
qu'une main a glissé
cette carte postale
dans le vieux livre gris.
Le mystère des nuits
en fut bien épaissi,
et son message
un doux fantôme
de la vie.
On n'est jamais seul
Quand on lit…

La Poétesse

Juste une main très fine
Abandonnée au rien
Le carnet refermé
Le calame en attente
Le galon de la toge
Suspension des idées
Calme et sérénité
D'un rêve partagé
Un mot si doux
Si chaud un mot
Comme nul autre

Elle songe un instant
Qu'elle a pour nom Sappho
Et que l'Ange est présent

La cathédrale bleue

On confond dans l'hiver
Les flocons, les étoiles.
Le Stefansdom est bleu
Comme un rêve de Dieu.
La neige absorbe et boit
Les pas, les chants, les danses,
Non loin de l'Opéra
Où la musique est reine
Et parle à fleur de peau.
Peut-être que Mahler
Reprendra sa baguette
Et sans doute que Zweig
Reviendra l'écouter…

Tout Vienne attend Noël.
Les cafés sont bruissants
D'espoir, de poésie, d'amour,
D'éclats de rire aussi.
La flèche porte au ciel
Les mots, les mélodies,

Les valses, les chagrins…
Tout est bleu, tout est vain,
Si léger…
Il fera jour demain.

Apparition

Un soir à Rome où le ciel tourmenté
Faisait un doux abri à la mélancolie,
Un soir parmi tant d'autres, un Ange s'invita.
Il est entré sans bruit, n'est jamais reparti.

Un soir à Rome, dans les pleurs ou la joie,
J'ai compris qu'une main divine serait là,
Berceau éternel de mes chants,
La poésie, nourrice des anciens serments.

Un soir à Rome sous le ciel tourmenté,
J'ai rencontré l'Unique, l'Amant, la Beauté.

Vieux compagnons

À Christian Bobin

Il est de ces vieux livres
Qui vous ouvrent le monde
Et le cœur.
Ils protègent des tempêtes,
Des grêles, des orages d'été,
Par leurs mots enchanteurs.
Et vous voyez plus clair
Dans la nuit noire et bleue.

Ils sont chez moi, ces livres-là.
Locataires des solitudes heureuses,
Amis du fond des temps,
Perchés sur une éternité
De bois blanc.
Ils sont très vieux,
On parle d'eux dans les colloques,
Sans savoir même où ils se cachent.

Ne le répétez pas.
Moi qui les aime et qui les lis,
Moi qui les soigne et les arrange,
Je suis leur logeuse rêvée,
Pas de loyer, l'amour, la poésie !

Memento

On aimerait savoir où vont les bien-aimés,
Quand ils nous laissent seul et que la nuit tombée
Projette sur demain son ombre de faiblesse.
On aimerait avoir de Dieu la Sagesse,

Pour ignorer, joyeux, ce qu'on ne peut savoir,
Ce qu'on ne saurait croire :
Les cœurs aimés s'envolent, dès que la mort libère
Leur tout-puissant mystère.

Oh non, ne partez pas ! Ne me laissez pas là !
Moi aussi, je veux voir la fin de cet hiver,
Le matin éternel qui chante *Hosanna !*
J'y mets toute ma foi. Entendez ma prière !

À Christian Bobin, in memoriam

Elle est partie bien loin,
Votre voix, pur poète !
Elle n'est pas éteinte.
Elle revient ce soir
Avec son goût de neige,
De la vie et des mots,
Des phrases au fond du cœur
Dans la nuit solitaire.

Vous me voyez, là-bas,
De votre humble fenêtre
Sur l'éternité.
Une bougie suffit,
Flamme des égarés,
Des enterrés vivants
Qui n'ont pas de sortie.

Et vous me répondez,
Dans un éclat de rire,
Que rien, jamais, ne finit
En poésie.

Une chambre à soi

À Virginia Woolf

Il se pourrait qu'existe encore
Ce lieu mythique et absolu,
Idéal aux rencontres
Du poète et des mots.

Il se pourrait déjà
Que j'aie choisi la fuite
Sans bouger d'ici-bas,
Sans que tu me renvoies.

Le trop-plein d'amertume
Absorbé par les livres,
La solitude obscure
Dans les brocarts, dans les miroirs,
Tout est caché, tout pleure.
Tout palpite, aux abois.

C’est un cœur arraché
Qui écrit ce poème.
C’est un cœur qui se noie.
Personne ne le voit.

Tu m’as laissée, l’âme qui saigne.
Elle pourtant écrit le poème,
Que je te dois.

Valse

Les mots, hésitants, se balancent.

Les mots, dans le silence,

Les mots prient.

Ils s'élancent.

Les mots chantent,

Ailleurs,

Près des Anges,

Ils dansent.

Prague

Le soir est d'or.
Ne sens-tu pas
Sa caresse de velours,
Celle qu'il réserve
Au doux couchant d'automne ?

Seule à descendre
Les degrés du Château,
Où Prague s'offre encore,
Où Franz Kafka attend
Son procès et la mort,
Seule à savoir ces choses
Dans la poussière dorée,
Je viens te retrouver
Dans le rêve suave
Des prières exaucées.

Eurydice

Lente descente du soir.
Les tentacules de la nuit
Dans le thé viennent boire.
On ne sait pas ce que l'on fuit.
Peut-être un couteau affûté
Par l'amour incompris,
Lancé entre les yeux –
La botte de Nevers ? –
Tous les bris de miroirs,
Les pieds ensanglantés.

Lente disparition de la rue
Dans la brume fatale.
Dans quel âge erres-tu ?
Te prends-tu pour Nerval ?
Pas même un réverbère
Où se pendre !

Il est temps de descendre,
Orphée,
Six pieds sous terre,
Pour l'attendre.
Eurydice est l'absence.

Saint-Germain-des-Prés

À la terrasse,
Aux Deux-Magots,
Elle écrit.
C’est l’époque où la vie
Bouillonne dans les doigts,
Pour les caresses,
La poésie,
La danse à la folie,
Et pour narguer
Les faux prophètes
Du Flore
Où l’on s’ennuie…

Rue Gît-le-Cœur,
Cœur de Paris…

Apocalypse

Seigneur mon Dieu, au pied de Votre Croix immense,
Tout le chagrin du monde se pose, vaincu.
Je vous demande, en pleurs, ce qu'il me faut de foi
Pour tenir sur la terre des désespérances.

La Colline inspirée, Le Camp des saints, La Joie
Ne sont plus que des livres aux titres oubliés.
Le Curé de campagne est dans les trépassés.
Moi-même, je m'écroule, si je lâche la Croix.

La bataille perdue n'est pas celle du Ciel,
Même si le Satan fait mordre la poussière.
Il est entré déjà aux ultimes sursauts
Dans une Apocalypse où triomphe la Mère.

Seigneur mon Dieu, seule la Croix résiste encore.
Jetez sur ma terreur Votre apaisant regard !
Emportez-moi très loin dans Vos bras crucifiés !
L'Ennemi n'aura pas mon brûlant désespoir.

En lisant *Le Jardin des Finzi-Contini*

Le livre refermé
A cessé de parler,
De raconter son rêve,
La villa italienne,
Terrasse sur le Pô.

Les pages se sont tues.
Leur soleil s'est couché
Jusqu'à demain peut-être,
Si l'amour revenu
Leur donne un autre été.

Le livre est un onguent
Quand la vie est pressoir
À la vigne du temps,
Tandis qu'en plein Ferrare
La mort guette et prend.

Il est en Italie
Des jardins mystérieux,
Des chambres très ombreuses
Sur des terrasses bleues.

Il est en Italie
Tout l'amour de tes yeux.

Sérénité

Chaud comme l'intérieur d'un cœur,
Le cercle de la lampe protège le silence ;
Celle qui lit, intense,
Est entrée dans le rêve
Qu'ignore encore le feu,
Lieu de naissance au soir,
Berceau ou désespoir.

Plus rien ne peut rejoindre
Le lieu béni où point
Un nouveau jour éternel,
Sans nuit, sans pluie,
Juste la neige et les étés
À la joie irréelle.

Tout se prépare au coin du feu
Et sous la lampe,
Indiscrète vision
Des âges qui viendront.

Vérité

Plus de fausses vérités,
Plus de demi-mensonges.
C'est l'enfer que parler
N'ayant rien à se dire
De ce qu'on aime entendre.

Alors j'écris l'amour
Qui rime avec toujours.
Je lis, pour me noyer,
Tous ces livres si beaux
Qu'ils frôlent l'infini.

J'écris pour les aimés
Qui ne percevront plus
Les pulsations du sang
Et le rythme du cœur
Dans leurs oreilles saintes
Et sous leur peau trop fine.

J'écris pour échapper
À la cage dorée
Que l'on m'a fabriquée,
Aux lendemains sans âme,
À la nuit qu'on devine,
Récitatif neigeux
D'une mort annoncée.

Charon

C'est un poème,
Le passeur de ténèbres
Dans une nuit sans lune.
Les étoiles d'hiver
Restent encore voilées,
Toutes de brume mises.

Ce poème est la barque
Sur une mer trop sombre,
Un abîme bleu nuit
Qui respire dans l'ombre.

Il mène sans encombre
Aux sources du Levant
Enflammées de matin,
Passeur de la nuit,
Poème qui vient.

Michèle

À ma grande sœur, in memoriam

Elle s'est endormie au creux du Chesterfield
whisky abandonné sur le guéridon bas
Elle m'a laissé là sa vie en héritage
et son cœur et sa joie pour le reste des âges

Elle est partie danser sur le bord de la mer
dans ce pays perdu et toujours retrouvé
goûter enfin l'amour l'air de la liberté
le voisinage doux des livres éternels

Elle aura rencontré ses amis très fidèles
les poètes maudits et les plumes rebelles
en serinant un air qu'enfant elle aimait tant
Elle me précède sur le chemin ardu
empierré des regrets stériles du passé

Il était temps
Elle avait bien purgé sa peine
et elle avait enfin relu *Martin Eden*

Le livre d'Histoire

À mon petit-fils Marc

L'enfant lit.
L'enfant rêve.
C'est tout un.
Sous la lampe accueillante,
Il a posé le livre
Et du doigt suit les lignes,
Les lettres qui l'enchantent.

Dans la ténèbre autour
Danse une féerie :
Les guerriers palefrois,
Les princes des armées,
Les chevaliers du roi,
Tous écrivent l'Histoire
Au rythme de leur sang,
Au péril de leur vie.
La sarabande est là
D'un Moyen-Âge d'or,
Et lumière de foi.

Dans les yeux de l’enfant,
Ce monde est le plus grand
Et sa plus pure joie.

Notre-Dame

Notre-Dame ne brille plus,
Elle a dû jeter l'ancre ici-bas.
Dans l'avril qui bat,
Le long du fleuve lent,
La Seine paresseuse.
Elle a offert son eau
Pour rafraîchir un peu
La pierre surchauffée
Aux flammes monstrueuses.

Elle s'est couchée là,
La grande dame atteinte
Et tout ensommeillée.
Son bois noir consumé,
Grands arbres millénaires
Des âges révolus,
Elle reçoit à l'ombre
De ses deux tours fantômes
Aux rêves fracassés.

Les cloches se sont tues,
Leur danse et leurs appels
Évanouis sans bruit.
Seul, l'infernal brasier,
Où ricanait Satan,
A bercé dans la nuit
L'agonie des promesses.
Le bon Quasimodo
A crié de détresse.

La colère de Dieu
A balayé les temps.
Notre Histoire rejoint
D'humbles souvenirs pieux.
La colère divine
Est colère d'amour,
Et si nous la craignons,
Nous reverrons le jour.

Où l'ogive a cédé,
La Grâce a pu passer,
Celle de l'espérance
En la Semaine Sainte.
La Croix est bien debout,
La Vierge de pitié
Lance vers le ciel noir
Son doux sanglot d'amour.
Elle continuera à nous montrer le jour.

La Grande Dame est belle
En sa faiblesse extrême,
Sa pauvreté confiante
Dans la nuit qu'elle hante.

Par le bois enflammé,
La pierre incandescente,
Par la flèche si fière
Qui ralliait le ciel
Et qui s'est laissée fondre,
Casser par le feu,
C'est notre Dieu qui parle
Et qui veut qu'on entende.
C'est lui qui nous rejoint,
Aussi bas qu'on descende…

La Grande Dame lasse
A éteint ses rosaces.
Elle attend que l'on passe,
Mais sans nous dire adieu.
La Seine en clapotis
Seule murmure encore.
Près des arcs inutiles,
Elle prie en son for
Pour la foule atterrée
Qui vient se confier,
Le bon peuple de Dieu
Désarmé.

C’est notre Dieu qui souffle
Sur nos pauvres âmes.
Il faut l’aider un peu,
Car ce fut Notre-Dame…

Le grand tilleul

À Marcy

N'abattez pas le grand tilleul !
Il a mon âge,
Et bien plus de raison
Qu'en ma folle jeunesse.
Il est en pleine floraison,
Je sens d'ici son doux effluve.

Il frémit dans les rires
Et toutes les chansons.
Il entendit les cris des enfants,
Les récitations,
Les devoirs de vacances.
Son ombre parfumée
Abritait le repos,
Les dessins, les lectures,
Les mots, les confidences.

N'abattez pas le grand tilleul !
Laissez-le méditer encore cet été,
Et couronner l'automne

De son feuillage ambré.
Que sur la table blanche
On trouve encor les livres,
Mes premiers amis.

En l'été 80, mon héros
Fut le Prince Mychkine,
Le tout-puissant *Idiot*
De Dostoïevsky.
Puis, de Chateaubriand
À Gustave Flaubert,
Je devins tour à tour
Lucile, douce sœur,
Et Emma Bovary
Dans son rêve fatal.

Laissez le grand tilleul
Raconter notre histoire,
Les serments, les secrets,
Les poèmes du soir.
Laissez-le secouer ses branches
Dans l'orage,
Ses feuilles murmurer
À l'oiseau de passage.
Lui seul sait le comprendre.

Nous sommes des passants.
Il retient le Temps…

Bienvenue

À mon petit-fils Gaétan
pour sa naissance

Nous t'attendions,
Petit homme,
Le monde avait besoin de toi.
Tes doigts immenses,
Mains de pianiste,
Et ton petit nez rond,
Petit garçon.

Nous t'attendions,
Il ne manquait que toi
Et tes yeux grands ouverts
Au festin de la joie,
À la ronde, à la danse,
Pour vivre où le cœur bat.

Nous t'espérions,
Et te voilà !

Pays

On est de son enfance comme on est d'un pays.
Antoine de Saint-Exupéry

Nous sommes d'un pays
De pierre et de granit,
Nous sommes d'une enfance
D'eaux vives et de prairies.
La vie nous a souri
Au détour d'un chemin,
La vie des moissonneurs
Au cœur d'un vieux village,
La vie des artisans
et du plus bel ouvrage.

Nous sommes d'un pays
Où se perd le regard.
Il n'a pas d'horizon
Car il est l'infini.
Il a eu nos fous rires

Et nos chagrins d'enfants.
Il fut nos grandes courses
Et nos respirations,
Les grands bœufs à l'étable,
Les champs de blé en herbe.

Il fut la main tendue
Au passage des haies,
La discrète caresse
Au genou couronné.
Il fut le clair ruisseau
Qui chantait dans les larmes
Et qui nous fredonnait
La liberté promise.

Il fut l'embrasement
Du soleil sur les blés,
L'été splendide et pur
Qu'on voulait pour seul maître.
Il fut l'abri très sûr
De ses grandes forêts,
La fraîcheur à midi
De la vieille maison.

Nous sommes d'un pays
Qui est toute la vie.

Vous deux

À Jeannine et Robert,
mes parents

J'ai froid en plein été
De votre longue absence,
Mais sa musique est belle,
C'est celle du silence.

D'anciens livres très sages
M'ont parlé de paix.
Mais l'écho de leurs pages
M'a répondu : *Jamais !*

Le ciel est bien trop bleu
pour que l'amour réchauffe
Celui qui vient de Dieu.
Le vôtre est sain et sauf.

Je suis née de vous deux
Et n'y crois presque plus.
C'est comme la légende
D'un vieux pays perdu.

Connaîtrai-je ce Ciel
Où vous êtes partis,
En voyage de noces éternel,
Loin d'ici ?

Algérie

À Jeannine

Vois-tu, dans l'air du temps passé, je n'oubliai
Ni le flux, le reflux, le froissement des eaux,
Qui battaient la mesure aux pieds nus des rochers,
Ni l'immensité bleue, ni la maison des flots.

Ce fut ce paradis d'où nous fûmes chassés.
Pour des pauvres de Dieu, c'était l'Eldorado.
J'ai voulu croire un peu ce que disaient tes mots :
Qu'un poète n'est fait que pour cette beauté,

Cette vérité-là, qui dort dans les patios,
Née d'un rêve, autrefois, sous les bougainvillées.
Dans ce pays sans loi, tu parlais de Rousseau,
Les prétendues Lumières d'un siècle essoufflé.

Les Gaulois, nos ancêtres, étaient loin. Des sanglots
S'élevaient alentour des douars martyrisés.
L'école et sa justice n'avaient que l'écho
Pour empêcher, la nuit, le meurtre stipendié.

Vois-tu, je sais encor reconnaître, s'il le faut,
Les mécréants du jour justifier les charniers.
Car tu as trop souffert, tu as su porter haut
Le courage et la foi d'une vie sacrifiée.

C'était pour ton pays, des frères déloyaux.
Je ne laisserai pas prendre ma liberté,
Ni ne regarderai partir ces grands bateaux
Qui portèrent l'exil de nos vies, sans pitié.

Conseils d'une grand-mère
(à la manière de George Sand)

À Marc, Mathilde, Maÿlis, Gaétan
et ceux qui suivront…

Rêvez, petits enfants, rêvez,
La vie appartient à vos rêves.
Rêvez pour vivre, c'est la force !

Jouez, mes doux enfants, jouez,
La vie est dans vos jeux,
Dans vos cris, dans vos danses
Et vos rires joyeux.
Jouez, riez, dansez devant l'éternité !

Lisez, mes chers enfants, lisez
Les livres qu'ont laissés les poètes
Et les œuvres sacrées, les épopées, les gestes,
Les monuments de mots, les pièces tragiques.
Lisez, ils sont pour vous. Peut-être en écrirez…
En vous coulent des sources.

Mais n’oubliez jamais, petits princes, jamais
Que vous ne serez forts et divinement libres
Qu’en vous agenouillant devant la fleur des champs.
De Dieu elle est miroir, et jamais des puissants.

Haïku de l’Ange

Souvenir d’un regard,

Bleu des mers océanes –

C’est l’heure du soir.

Enfance

À Jeannine

J'aurais aimé que l'enfance fût longue.
J'aurais aimé que les contes de fées
Fussent réalité.
J'aurais voulu pouvoir te guérir,
Que tu restes.
Chacun de mes instants
Avait besoin de toi.

J'aurais aimé les soirs,
Sans l'âpre solitude,
La menace grinçante
Des parquets dans le noir.
J'aurais aimé mon lit
Si tu m'avais bordée.
J'aurais aimé mon front
Si tu l'avais baisé.
J'aurais aimé la nuit
Si tu étais venue.

L'enfance a cassé net
Comme du vieux bois tord.
Cette enfance rêvée
Sera berceau de mort.

La route solitaire

À Jeannine

Tu m'aurais tout appris
Des livres et des chants.
Tu te serais penchée
Par-dessus mon épaule.
Tu aurais su guider mon doigt
Pour déchiffrer.
Mon esprit curieux,
Tu l'aurais enseigné.
En chemin près de moi
Par les livres aimés,
Tu aurais eu la voix,
Les mots de la beauté.

J'ai fait le chemin seule
De ces milliers de pages.
Je te l'offre ce soir,
Lecture pour l'automne
De ce que fut ma vie.

Table des matières

Imprimé en France
Achevé d'imprimer en août 2023
Dépôt légal : juin 2023

Pour

Le Lys Bleu Éditions
40, rue du Louvre
75001 Paris